AF217004

© 2017, Tatiana Passelande
Éditeur : BoD - Book on Demand,
12/14 rond-point des Champs-Elysés, 75008 Paris
Impression : BoD - Book on Demand, Allemagne

ISBN : 9782322085293
Dépôt légal : Décembre 2017

TATIANA PASSELANDE

# RENAÎTRE À L'ENVIE

*Fiction*

*Pour C.*

*Toute la valeur de l'être humain*
*tient à cette faculté de se surpasser,*
*d'être en dehors de soi,*
*d'être en autrui et pour autrui.*
Milan Kundera
*Risibles amours*

# Armand/Alma

*Paris, avril 1927*

Les cloches se font bruyantes, agressives. Il est si tôt. Six heures. Ses gestes sont pressés, inquiets, rapides. Elle escalade les trois marches qui la séparent du soleil, et c'est dans un clignement des yeux qu'elle sort de cette caverne, qu'elle s'extirpe de cette nuit sans fin. On peut la voir se faufiler comme un animal sauvage, une proie qui sait sa vie en danger, le long des murs de la ville, les épaules voûtées, le regard bas, fuyant. Ne croiser personne, surtout ne croiser personne ! comme une prière à elle-même. Pendant que cette voix d'éternité lui revient dans l'obscurité matinale, « Travaille bien Armand ! À la semaine prochaine, n'oublie pas de me rapporter du lait frais ! »

Elle fuit. Elle fuit cette nuit trop longue. Elle fuit cette nuit trop longue de vanité, d'illégitimité, de faux-semblants. Ses pas vifs et serrés la sauvent de l'homme qu'elle a été ces deux derniers jours, la sauvent de cette mère dévorante, la ramènent à elle-même. Elle retrouve enfin cette grande porte cochère, si lourde, si pesante qu'elle exige tout, la volonté de rentrer sans faille. Le buste relevé, déterminée et de profil comme si elle ne pouvait donner que ça, elle s'affale sur cette barrière de bois. Après un dernier coup d'épaule, elle pénètre dans la cour de son immeuble et c'est au sixième étage qu'Alma s'écroule sur son lit.

Cela fait maintenant deux ans qu'elle est prisonnière, qu'elle est au bagne d'une reconnaissance qu'elle ne peut trouver autrement. Cela fait deux ans qu'elle n'existe plus aux yeux des autres chaque fin de semaine, qu'elle redescend dans les bas-fonds de l'enfance, auprès de cette mère esseulée, auprès de cette folie intemporelle. Il n'y avait pas eu d'autres solutions, unique occasion trouvée d'un équilibre presque parfait, pour pallier une colère sourde, prête à éclater ! Alors que faire ? Tout donner, s'abandonner, se sublimer dans une ultime oblation pour ne pas flancher, pour ne pas assassiner. Tenter de reconstruire l'histoire autrement, à la seule condition de laisser choir tous les souvenirs, de renaître dans une fiction, de renaître dans un récit qu'on vit et qu'on raconte en même temps : renaître en homme pour satisfaire cette démesure maternelle et tenter enfin de trouver une certaine sérénité ! Et c'est ainsi qu'Alma s'est inventé Armand dans un dernier espoir de réconciliation.

Encore avachie, le corps désabusé, elle décolle doucement sa moustache dans un bruit déchirant, détache ses cheveux châtain-or comme l'ultime geste qui libère. Elle doit se reprendre, sa journée ne fait que commencer. Quelle heure ? Elle retrouve dans son gilet d'homme cette montre qui appartenait à son père, seul héritage d'une ombre familiale qu'elle a, malgré tout, aimée. Montre à gousset, monstre qui ravit les plus chères minutes comme les plus viles. Il est six heures et demie. Elle est en retard. Très. Elle ne quitte pas ses godillots mais enfile sa robe noire de toile épaisse, réajuste la ganse à sa taille, use d'un ruban pour contenir ses mèches de cheveux et, dans un dernier mouvement précipité, décroche son chapeau de la patère et sort.

Elle est en retard. Toujours. Dévale les escaliers, court, encore cette porte. Elle l'attire à elle, elle est pressée. Vite. Cette charge l'oblige à un arrêt. Surtout ne pas penser, surtout ne pas s'interrompre ! À nouveau un coup d'épaule, mais en arrière, dans un dernier élan pour enfin tout relâcher. Alors prise dans un courant contraire, elle est éjectée dehors, propulsée dans la ville, jetée dans la vie. L'aube l'accueille dans sa douce vérité. Alma est revenue.

Continuer à courir. La rue. Elle s'essouffle aux prises avec les images de la veille, qui viennent contraindre cette liberté retrouvée. C'était si sombre chez sa mère, si suffocant. Ces deux jours hebdomadaires sont comme une longue descente en enfer. Ces deux pièces exiguës qui obligent à une proximité morbide n'ouvrent que sur un fenestron de cave donnant sur un trottoir. La seule distraction, regarder les gens passer, reconnaître certaines femmes à leurs jambes, à leurs bas de laine, les vieilles, les jeunes, les riches, les pauvres, les imaginer toutes dans leur vie, les envier même d'une vie familiale qu'elle a toujours désavouée. Nettoyer le linge, récurer les sols, faire les commissions, préparer les repas de la semaine, quand ce n'est pas laver ce corps vieillissant qui ne compte plus que sur elle. Mais il y a des moments d'apaisement, des moments de cohabitation heureuse. Elles se retrouvent alors autour d'une partie de dames ou de cartes, l'occasion pour sa mère de convoquer parfois le passé, en surface, comme pour excuser. Certaines fois, elles sortent au square, se promènent bras-dessus bras-dessous, presque joyeusement. Mais il suffit de peu pour briser cet équilibre précaire, un enfant qui pleure, une démarche trop rapide, la température de l'air. Et à nouveau ça se plaint d'une vie trop solitaire, ça crise, ça délire, ça invente. Alors seuls ses deux chats de gouttière arrivent encore à l'animer ou à la calmer. Il y a de l'abandon dans cette mère, il y a de l'abnégation chez Armand, nécessairement.

Depuis, Alma espère les lundis matins. Elle arrive enfin au Passage du Grand Cerf au numéro 12, la fenêtre du premier étage est restée ouverte.

- Jeannot, Jeannot ! crie-t-elle. Vite ! J'suis en retard, j'ai peur de ne pas avoir de place ce matin et c'est la foire aux commerçants !

Dans son plus simple appareil, les épaules dénudées, la voix enrouée et chaleureuse de celui qui a déjà compris la valeur des choses, Jean sourit :

- La porte est déjà ouverte, tout est en bas, tout est prêt dans la grange ! Allez, bon courage ! Et n'oublie pas de nourrir la bête en arrivant !

Au rythme de sa mule, elle se laisse bercer par le bruit des sabots sur les pavés, elle est en route. Elle se retrouve à nouveau dans ces rues familières, fière et vivante, enveloppée de l'odeur des truffes qu'elle transporte à l'arrière de sa charrette. Cela fait maintenant deux ans qu'elle se rend tous les matins au marché des Halles. C'était peu après qu'elle avait dû changer de vie, peu après qu'elle avait dû faire un choix — peut-être pour la première fois —, qu'elle avait dû laisser sa vie au bord du précipice : sa galerie de peintures, ses nuits d'ivresse littéraire, ses chemins de traverse, ses libertés de femme, ses amis de la nuit et la *dilettance* comme seule ligne de mire.

Auparavant, il lui était arrivé de donner des orientations radicales à sa vie, comme pour répondre à un changement nécessaire, une étape intrinsèque, subjective, intime. À la mort de son père, elle avait quitté le lycée et s'était mise à étudier le théâtre. Elle avait alors rencontré Louis qui faisait des tournées dans la région, grand amateur d'Ibsen. Une dizaine d'années d'errance, de vie de troubadours, d'échappée volontaire. Avec Jeanne au contraire, elle goûta à une vie plus dissolue, fréquenta les cabarets de la capitale, s'ouvrit à la peinture et à l'absinthe. Et c'est dans cette émulation, qu'elle décida d'ouvrir une galerie rue Dauphine qu'elle nomma Éphémère, sans rien trouver à redire à ce jeu de mots, jamais. Tout lui réussissait alors. Elle n'avait pour ainsi dire jamais connu la peur. La Grande. Celle qui inhibe ! C'était comme si les événements précédaient ses désirs, ou plus précisément, comme si la conscience des choses lui venait après, et la révélait alors à elle-même. Tout se passait avec une certaine légèreté... jusqu'à il y a deux ans !

Dans l'aube de ce lundi, dans cette généreuse fraîcheur, son ambition est tout autre. Réduite à sauver des instants, elle en a fini des belles utopies, des discussions sans fin qui donnaient du sens aux choses. En ce matin printanier, elle recherche cette sérénité, cette présence à elle-même qu'elle perd quand elle retrouve sa mère. Elle se replie alors, réduit l'espace entre elle et les choses, entre elle et le temps, refuse tout insertion dans le passé, fait barrage à toute pensée pour seulement tenter d'être. Elle se concentre sur ces ruelles traversées, ces commerces en train d'ouvrir, ces voix qui s'échappent des fenêtres, ces volets qu'on ouvre comme une libération sous contrainte.

Pour l'instant, elle se doit d'être à l'heure, prête à accueillir les commerçants de la capitale et de sa banlieue. C'est le grand rendez-vous à ne pas manquer si elle veut rester dans le foirail et continuer le combat. Fini la quiétude de ces matinées douces et heureuses, de ces journées qui ne commençaient véritablement que l'après-midi quand elle rencontrait des artistes pour les exposer. Ça, c'était avant !

# Le marché

Le marché des Halles, grand rendez-vous quotidien des Parisiens, se déploie une fois par mois pour les commerçants uniquement. Alma ralentit sa charrette. S'arrête. Besoin d'une pause avant d'affronter la foule et ce brouhaha poussiéreux. Peu à peu, elle se laisse absorber par cette ambiance, par ces maraîchers, leurs voix viriles, le bleu marine de leurs vêtements, le sol ensablé qui laisse trace et poussière dans une valse précipitée. Mais ce sont surtout ces odeurs, ces fragrances alimentaires qui finissent par l'aspirer dans cet univers populaire. Elle peut parfois prévoir si sa matinée sera fructueuse ou non.

Elle relance à petits pas sa monture jusqu'aux stands des denrées, des victuailles, reconnaît Nadine qui s'épanche sur son étal de fruits, laissant traîner sa pulpeuse poitrine en tentant d'attraper un gosse qui vient de lui carotter trois pommes ! Ça la fait sourire, elle se réchauffe de loin à cette gouaille haute en couleur qui contredit la mollesse de son corps, le peu d'engagement qu'elle met à réprimander cette indélicatesse. C'est ce sourire enjoué qui vient l'accueillir :

- Hey ! Alma, c'est seulement maintenant que t'arrives ! Allez, dépêche-toi, j't'ai gardé la place à ma gauche, c'était pas du gâteau !
- Merci Nadine, tu m'sauves encore !
- Les commerçants ont commencé leur tour ! J'ai déjà vendu toute ma réserve de rhubarbe à la nouvelle brasserie du Lutetia, dit-elle fièrement.
- Et j'ai vu que t'es toujours en guerre contre cette bande de gamins ! rit-elle.
- Oh, m'en parle pas ! Je l'aurais tué le p'tit Louis, le pire c'est qu'il a compris que je ne ferais jamais rien contre lui !

Alma s'engouffre alors dans ce moment d'urgence pour être au cœur du tumulte. Tout devient pur plaisir, ce prosaïque la ravit et la soulage. C'est un florilège de bruits, d'odeurs, une énergie unique où se mêlent maraîchers, badauds, animaux en tous genres. Le caquètement des poules, le chant enrayé des coqs, le hennissement des montures, l'aboiement des chiens de chasse se mêlent aux braillements des marchands, aux ricanements des voisins. Tout devient lyrisme à qui sait voir la complicité d'un instant, la colère des concurrences, tous ces gens réunis qui se connaissent depuis si longtemps, et si peu à la fois. Ça hurle, ça se chamaille, ça ripaille, ça se surveille, ça s'observe, ça s'énerve, ça vit sans réfléchir, sans miroir. Pas besoin.

- Allez ! Restent les deux tréteaux à installer et j'y suis ! comme un encouragement à elle-même.

Alma finit de poser délicatement sa planche de bois, une ancienne porte récupérée dans l'atelier du dernier peintre exposé dans sa galerie, un certain Clourkee se souvient-elle. Ça n'avait pas bien marché cette dernière présentation, c'était déjà la fin. Cette porte, seul vestige de cette époque, elle s'était amusée à la restaurer, et depuis en aimait l'usure, le côté lisse et décoloré, l'odeur de bois et à la longue, de noisette truffée. Elle prend son temps pour la placer, s'étale avec elle dans une grande inspiration pour mieux s'en imprégner. Puis, rapidement, elle y dispose les trois grands paniers de truffes noires avec leur vichy rouge et blanc. Et son trésor de la semaine ! Ces truffes blanches, si rares en cette période qu'elle les a déposées au centre, dans une boîte ouverte en présentoir aux chalands. Elle se sent bien entre les fruits gourmands de Nadine et les caisses de vin de Robert, le viticulteur du coin, toujours un peu rougeaud même dans la fraîcheur matinale, qui n'oublie jamais ses bretelles. Cadeau pour son mariage d'avant-guerre et qu'il dit être encore aujourd'hui son porte-bonheur. De quel bonheur parle-t-il ?

- Bonjour, d'où viennent vos truffes s'il vous plaît ?

Alma se retourne brusquement, surprise, à peine a-t-elle fini de donner de l'avoine à sa mule.

- Mais vous en avez des blanches ! ... Magnifique ! s'exclame M. Victor d'une carrure imposante, il prend alors une voix presque enfantine.

- Heu... du Mont Ventoux, et les blanches, oui, les premières truffes d'été viennent d'arriver, elles sont cultivées sur des essarts d'anciennes vignes, lui explique Alma. Elles sont rares, surtout pour la saison ! C'est assez particulier. Tenez, goûtez ! Elles ont comme un petit goût de noisette qui adoucit la rugosité de la truffe.

- Hum… M. Victor reste interdit.

- Et c'est pour une occasion particulière ? lui demande-t-elle.

- Oui, oui ! C'est vraiment inespéré ! J'tiens un cabaret, El Garrón dans le 9ème arrondissement et nous recevons demain soir Carlo di Sarlo y su Orquestra typica !

- ??

- Ah ! Vous ne les connaissez pas, c'est un sextet avec piano, hors norme, directement arrivé de Buenos Aires, ils sont en tournée européenne pour deux mois. S'enorgueillissant, M. Victor continue. C'est assez exceptionnel de les avoir. Je voudrais organiser un banquet pour cette occasion, je veux en faire une nuit extraordinaire, un rêve inoubliable !

M. Victor redevient vraiment un enfant. Alma s'amuse de cet effet si distrayant pour un homme d'âge mûr qui semble avoir l'assurance des plus sages.

- Et qu'est-ce que vous me conseillez pour le vin ?

- Alors là, je vous laisse voir avec Robert, le spécialiste des bretelles et du vin ! Hé ! Robert, occupe-toi de Monsieur, tu veux bien !
Clin d'œil de Robert, ça sera fait et bien !

- Merci pour tout ! Je compte sur vous pour être livré au plus tard en début de soirée. Ça va ? Parfait ! Passez demain soir ! Si vous ne connaissez pas le tango, ça va vous enchanter j'en suis sûr, demandez Monsieur Victor ! dit-il en s'éloignant, d'un salut de la main.

- Du tango ? Alma reste songeuse…

Des images de cabaret lui reviennent alors, ces soirées d'ivresse, de légèreté, ces femmes dénudées, leur exhibition touchante, leur extraversion nocturne, leur liberté créée et ainsi retrouvée. Chansons et danses au rendez-vous, des nuits sans gêne et sans pudeur. Elle avait bien entendu parler de ce toulousain qui vivait en Argentine, Gardel croit-elle se souvenir, mais elle n'avait jamais assisté à de telles soirées, jamais vraiment été attirée et séduite par cette musique qu'elle pensait un peu trop policée !

Le reste de la matinée se passe tranquillement, elle réussit à écouler à peu près la moitié de son stock, elle reviendra demain. Passer voir Jean pour les livraisons et rentrer.

Enfin chez elle. Elle se fait son habituel thé au citron, se détend enfin et sait qu'elle a sa journée pour elle.

Soudain, dans l'éternité d'une seconde, elle se réveille en sueur, brutalement, comme extirpée d'un espace trop connu. Elle se retrouve assise sur son canapé, hagarde, ramène sa main à son front, se masse les tempes délicatement, encercle son crâne pour mieux revenir à la réalité. Ça ne suffit pas, pense-t-elle engoncée dans sa robe maintenant froissée. Besoin de se lever, de se mettre en mouvement. Machinalement, elle se fait cuire deux œufs sur le petit réchaud à gauche de la fenêtre, en oublie de râper quelques copeaux de truffes, le regard absorbé par le ciel encore azuré mais nuageux de fin de journée. Qu'est-ce qu'elle aime cette vue sur les toits de Paris ! Elle s'installe sur son petit balcon pour à nouveau se laisser aller, mais elle n'y est pas, rien n'est comme d'habitude, les œufs sont insipides, la brume semble s'épaissir, tout s'embrouille en elle. Elle est comme prisonnière d'une force qui pousse à l'intérieur. Ce rêve. Les images s'estompent déjà, elle réussit à sauvegarder cet accordéoniste à la veste délavée.

# Le Cabaret

*Mon métier m'avait appris qu'une crainte
recouvre souvent un désir inconscient.*
Philippe Grimbert
*Rudik, l'autre Noureev*

Devant elle trône le Palermo, un cabaret qu'elle a bien connu, grand, élégant, orgueilleux, avec sa devanture qui brille de mille feux. Reposant à sa droite, a contrario, El Garrón respire le mystère avec sa petite porte en bois, tenant en son centre un fenestron que protègent deux barrettes verticales en fer forgé. Un bouge comme l'âtre miséreux de sa mère. L'entrée oblige à se voûter, à se soumettre. Refermant la porte, elle se retrouve derrière un épais rideau en velours bordeaux qui s'affale lourdement sur le sol. Alors, comme paralysée, l'image de l'accordéoniste recroquevillé sur son instrument, sa veste délavée, cette ruelle sombre et humide, dans une immersion de la veille, viennent la cueillir. Un entre-deux. Elle voudrait déchirer ce rideau, résiste. En prise avec une sensation confuse qu'elle veut chasser, elle se remobilise. La musique lui vient de loin puis s'intensifie. Bientôt, elle se laisse appeler par ce tango mélancolique de Carlo di Sarli. Elle apprendra plus tard que c'est El amanecer, l'aube.

Elle y est enfin, traverse ce miroir de velours, s'engouffre dans la nuit du cabaret pour disparaître dans la fumée. Un bar, une piste, trois couples dansent, des corps enlacés, des petites tables servent de contour à ce décor, l'ombre des bouteilles et des verres révèlent des silhouettes assises face à ces danseurs d'occasion. Comme une somnambule, elle se dirige vers le comptoir, trouve appui sur le seul tabouret resté libre, s'y glisse, s'y enfonce.

Pour le moment, Alma distingue peu ces corps qui dansent, ne faisant qu'un, juste des ombres, les ombres du monde à cet instant. Elle remarque au loin les assiettes de truffes cuisinées sur le buffet, sourit. L'ambiance est plutôt joyeuse.

- Oui, un verre de vin blanc s'il vous plaît ! ne remarquant de la serveuse que son fume-cigarette.

L'orchestre s'interrompt, laissant à peine le temps à d'autres couples d'envahir la piste que déjà une milonga les entraîne loin, l'énergie des corps remplace les mots. Alma se fait à la pénombre de cette danse, elle distingue enfin les visages, les profils, les yeux fermés de ces femmes qui semblent s'abandonner, les hommes menant alors la marche, dans une rencontre musicale qui égalise, qui fraternise. Tout est à sa place, beau, droit, élégant, en présence. Très intérieur et à la fois offert aux yeux de tous.

Soudain, la musique s'arrête. Les mots ont repris le dessus, semblent avoir gagné la bataille. Des voix surgissent, envahissantes comme l'intérieur d'une ruche. Alma se laisse envelopper par cette cacophonie humaine, comme une consolation. Ça la ramène petite lorsque sa mère veillait tard dans des endroits publics et enfumés. Son enfance et sa fatigue comme seuls refuges, elle s'assoupissait alors comme hypnotisée par ce monde qui ne lui appartenait pas encore. Ne lui parvenaient que des voix d'adultes qu'il était plus facile de magnifier dans cet état, qui lui permettait enfin d'oublier cette mère devenue une étrangère dans les bras de ces hommes.

Perchée sur son tabouret dans ce lieu devenu incongru à sa vie, lui revient enfin ce rêve. Tout se révèle : cette rue humide, ce trottoir étroit, cet accordéoniste assis, si petit que jamais personne ne le voyait vraiment, seule sa musique le faisait exister. Puis un jour, il ne revint pas. Le temps passa, personne ne comprit ce qui avait changé. Le silence devint étourdissant. A tel point que peu à peu, les gens n'osèrent plus sortir de chez eux, l'ambiance était devenue pesante jusqu'aux commerçants qui refusaient d'ouvrir leurs officines. Quelque chose manquait, mais quoi ?

Elle est dans cette ruelle, elle est dans cette impasse, elle est dans cette absence quand progressivement lui revient la musique. Elle se surprend à entendre à nouveau l'orchestre, Champagne Tango. Un couple sur la piste, un seul, et si présent qu'il fait foule. Et cette femme, premier visage qu'elle avait distingué dans la fumée, ce profil sans creux du front au nez, cette pente droite et la vague des lèvres comme seul relief. L'immobilisme du visage dans le mouvement chaloupé du corps. Dans ses bras, elle reconnaît M. Victor. C'est un ravissement. Ebahie.

Puis, elle se redresse, veut se ressaisir, veut commander un autre verre, va pour se retourner vers la serveuse, cette tête cerclée d'un ruban de tissus. Elle hésite, risque un mouvement de la tête, elle est empêchée. Il lui est difficile d'aller jusqu'au bout, difficile de détourner le regard de la piste, elle s'immobilise dans une respiration, reste inerte, fixe le visage de cette femme qui danse, cette posture droite et fière, cet axe qui semble conduire à lui seul les jambes de l'homme. C'est alors qu'elle prend conscience enfin de ce qui la subjugue, qu'elle sait : c'est la femme qui guide, qui conduit la danse. Cette femme délicate et virile a pris les choses en main, oppose les conventions.

Cette réalité la ravit d'une solitude qu'elle traîne depuis deux ans. Alma reprend machinalement son verre commandé, se trouble, tremble, veut en finir, boit d'un coup, s'enivre, regrette, cherche un recours, perd son contour, devient cotonneuse. À trop rechercher l'ivresse pour se fuir, c'est parfois là qu'on se fait face. Il ne reste que le corps pour réagir. Elle repose brutalement son verre sur le zinc, quitte le lieu sur Pensola bien, un tango rapide et endiablé. Mais elle n'entend déjà plus rien. Elle fuit, se précipite, s'entre-mêle dans le rideau. Enfin dehors, elle se met à courir, la rue, les trottoirs, elle ne voit de cette course que le morbide de la nuit, les ivrognes, les lumières sourdes des endroits louches, les femmes dénudées de la rue, manque de tomber sur une jambe laissée à la dérive dans ce dernier virage. Arrivée en bas de chez elle, lui reviennent alors ces mots dans l'abîme du mouvement, « Celui-là seul est l'égal d'un autre, qui le prouve, et celui-là seul est digne de liberté, qui sait la conquérir »[1], une poésie consolatrice, leitmotiv de son adolescence esseulée.

---

1 *Assommons les pauvres, poème en prose de Charles Baudelaire*

# Anna-Léna

*Toute création est création de soi.*
Claude Cahun
*L'Antimuse, de Anne Egger*

Anna-Léna est dans son lit, elle se réveille à peine. Une femme respire à ses côtés dans le silence de son grand appartement. Elle rentre rarement seule de ces soirées de cabaret pour s'octroyer des matinées de peau. Mais là, elle attend un peu avant de se retourner, veut encore goûter la tendresse du réveil. Puis, elle esquisse un sourire. Mais son corps ne répond pas, ne bouge pas, ce sourire s'adresse ailleurs. Une image lui revient des méandres de la nuit, le visage d'une femme s'impose à elle. Sur sa scène intérieure, cette inconnue qui s'est enfuie hier soir. Qui est-elle ? Jamais vu auparavant, elle en est sûre. Elle tente de l'effacer. Absurde. Elle demandera mardi prochain qui est cette femme.

Ça la calme.

Malgré tout, sa première envie matinale s'estompe, elle a besoin de se lever. D'une simple caresse, elle évite la promesse charnelle de cette main qui se tend vers elle, n'entend déjà plus ce doux râle qui la cherche, laisse de côté ce corps rendu inanimé. Elle s'affaire, se prépare, fait ses ablutions, se coiffe, ouvre les rideaux du salon, pense à son déjeuner chez Louise, elle s'y amuse toujours. En avalant rapidement son café, elle attrape son sac et son chapeau, le bruit de la rue l'attend. Une journée comme les autres, murmure-t-elle. Elles se ressemblent toutes depuis tant d'années !

Elle était partie pour de brillantes études de médecine mais son goût de la solitude a séché le sens de tout ça le jour où sa jumelle est décédée de la tuberculose. Un arrêt brutal, un virage du renoncement. Elle n'a gardé que le prénom de cette sœur aimée, accolé aujourd'hui au sien. L'essentiel, la construction, l'engagement, ça sera pour les autres désormais. Depuis, sa vie se partage entre des voyages, l'éphémère des rencontres et quelques images qu'elle accepte d'emprisonner dans des clichés photographiques faits de-ci de-là.

L'idée lui est venue l'an passé chez Claude Cahun et Suzanne Malherbe, lors de ces fameuses et désoeuvrantes soirées du 70 bis, rue Notre-Dame-des-Champs. Une exposition de ses derniers travaux l'avait déjà interpellée quelques mois auparavant : son exigeante approche de la photographie, ses mises en scène qui plongent dans les intérieurs complexes de l'âme humaine, bien au-delà de la question du masculin et du féminin, pour une remise en cause incessante de toutes les normes, et tout cela, sans militantisme. Anna-Léna avait été réellement fascinée par sa recherche permanente de l'absolu et de l'exceptionnel. « Ne voyager qu'à la proue de moi-même, tel est mon seul désir », lui avait dit un jour Claude. Un de ses autoportraits, allongée dans un vaisselier, à l'horizontal tel un objet du quotidien, l'avait particulièrement captivée, de par son ironique dérision. Cette dernière rencontre avait fini de la convaincre elle-même de garder quelques images, de conserver un peu de souvenirs, de sauver un temps soit peu du présent. Seule inscription possible, suffisamment symbolique, pour ne pas renvoyer en miroir l'insoutenable légèreté de l'existence. Ces deux femmes suscitaient en elle une réelle admiration, cette vie à deux paraissait si simple, si courtoise et à la fois, si engagée. C'est à cette même période qu'elle décide de se mettre à guider au tango, après quelques années de pratique traditionnelle qui ne la comblait plus. Comme un écho, elle trouva par-là comment se conjuguer, comment être au plus près de soi pour ne plus tricher. Le compromis oblige à une certaine création, à un dépassement, exige quelques illusions parfois. Et c'est ainsi qu'elle broie les conventions en revêtant les habits du guideur au cœur de certaines nuits choisies.

Une journée comme les autres mais une ombre persiste en elle. Elle ne sait pas si c'est ce visage, ce regard ou cette mélancolie qui s'accroche le plus à sa rétine. La silhouette de cette femme reste assez floue. Elle se souvient du moment où elle va commander son verre de champagne avant la traditionnelle démonstration de tango avec M. Victor. La tenda avait été choisie pour trois valses. Les mains sur le zinc, elle s'est bien tournée vers elle mais machinalement, sans y prêter attention. Elle se souvient aussi de son regard pendant qu'elle danse, elle tente même de lui sourire mais les yeux de l'inconnue, à cet instant, restent muets, extatiques, transparents. Alors pourquoi ce visage est-il resté comme une empreinte ce matin ? Est-ce son expression mélancolique ? L'effet de ses yeux noisette en creux, qui donne une apparente profondeur à ce regard cerné ? Lui reviennent alors ses séjours en Provence, elle pense à ces collines de calcaires, ces paysages rocailleux, ces reliefs majestueusement solides comme pour mieux supporter les aléas du soleil, les aléas de cette lumière du sud capable de tout bouleverser en si peu de temps, selon la saison, selon l'heure du jour. C'est peut-être ça qui l'a marquée. Cette femme calme et posée, chez qui on devine tant de mouvements, de cadence, de turbulence. Il y a une profondeur qui réfléchit dans ce regard emprisonné.

Comment peut-on être envahi par une image si imposante suite à une rencontre si éphémère ? En vérité, c'est peut-être moins précis que ça. C'est une sensation. C'est ce visage tout entier qui vient comme un écho à l'intérieur d'elle-même. C'est ça, elle est devenue depuis ce matin une caisse de résonance à ce visage. Pourquoi ? Elle l'ignore.

Anna-Léna ne veut pas se laisser troubler, plus jamais. Elle sort de chez elle en pensant à ce déjeuner sur l'herbe qui l'attend, contente de retrouver Louise et ses acolytes, Justine et les autres. Et amusée déjà à l'idée de revoir les Debaunort, ce couple de bourgeois rabat-joie, qui passe son temps dans les hippodromes, avec le secret espoir de liquider sa fortune, n'ayant pas le discernement nécessaire pour en faire un usage plus républicain. Descendant joyeusement les cinq étages, elle imagine la récréation de ce grand théâtre social. Elle aime ces rendez-vous sans frais, sans fondement, sans épaisseur, lui permettant simplement de nourrir une certaine complicité avec Justine, rencontrée deux ans auparavant au Salon littéraire de Anna de Noailles. Elle aime le charme de leur amitié, faite d'humour et de provocation.

Tout à ses pensées volatiles, elle ouvre la porte de son immeuble. Quand soudain, aveuglée par la lumière du jour, elle voit cette femme d'hier, l'espace d'un instant. Pas assez pour lui octroyer une certaine réalité, mais suffisamment pour l'enfermer déjà dans le désir de la revoir et c'est cette urgence qui vient la surprendre. Elle efface tout de suite ça d'un mouvement de la main, dans un geste brusque, presque enragé. Quelque chose de réel doit s'évanouir, doit disparaître. Rien n'a jamais existé.

- Alors Anna ! Ta soirée au El Garrón ? Justine a posé sa main sur son bras, s'est rapprochée d'elle comme pour mieux la ramener autour de la table, comme pour mieux la ramener avec les autres.
- Oui, c'était vraiment bien ! Enfin, comme d'habitude ! balayant l'air de la main comme pour chasser son malaise, elle esquisse un sourire.

Du fond de son siège, elle observe de loin ce couple de débonnaire qui ne l'amuse guère. Anna-Léna s'ennuie. Toutes ces conversations ne sont que bourdonnements aujourd'hui. Sans transition, elle se lève de table pour profiter quelques instants de la fraîcheur de cette maison bourgeoise, des couleurs bucoliques de son jardin à la française. Elle se laisse bercer par le chant joyeux des mésanges et des merles, cherchant à l'extérieur ce qui lui manque, une certaine légèreté et un peu de sérénité. Rien ne la divertit vraiment. Elle porte en elle comme un fardeau, non pas un corps mort mais bien un corps vivant, léger mais étranger. C'est bien le manque de sens à tout ça qui la met au bord de l'abîme.

Elle se retrouve alors dans la rue, se souvenant vaguement avoir récupéré son chapeau cloche à l'entrée. Elle déambule dans le quartier, tel un automate, libérée et enfin seule, mais pleine de cette nouvelle présence qu'elle redoute et accepte à la fois. Déjà. Elle le sait.

Rentrée, elle continue à errer, fait le tour de son appartement plusieurs fois, un peu étrangère à elle-même. Face au grand miroir du vestibule, elle s'immobilise, s'observe, s'hypnotise dans cette image, recherche un contact charnel, porte ses mains à son visage, tire sa peau, se défigure, grimace, interroge ses rides, fixe son regard, puis détourne la tête d'un coup. Elle finit par se laisser tomber dans le grand fauteuil jaune du salon. Enfin elle se voit, sourit, rit d'elle-même ! Qu'est-ce qui lui arrive ?

Elle allume son poste de radio, Radio Tour Eiffel, la rediffusion d'un concert de jazz-charleston, joyeux et entraînant, vertu suprême pour ces lendemains qui déchantent. Alors elle s'affale de tout son long sur le canapé grenat, veut s'y noyer, veut s'oublier. Spontanément, elle se tourne sur un côté, se met en chien de fusil, se tord en deux, se tend, choisit le plat-ventre, réajuste le coussin, y enfonce sa tête, une sensation d'étouffement l'étreint, elle se remet sur le dos. Elle recherche la détente, se concentre sur son corps, respire profondément, se masse le ventre, fixe le plafond mais son regard échappe à tout immobilisme. Détachant ses cheveux et faisant glisser ses souliers à lanières sur le sol, elle veut se confondre dans cette voix gaie et saccadée, se laisser envelopper par cette ambiance sonore. Trop tard. La musique n'est déjà plus qu'un paysage lointain. Elle est toute à ses pensées, les mots d'une lecture ancienne lui reviennent. « J'aimerais soigner ton sourire, prendre soin de ta solitude, de ta mélancolie, la consoler, la caresser, la cajoler, et parfois la recueillir pour mieux la secouer ou l'étouffer. Me réveiller à tes côtés, la repousser, l'invectiver, l'écraser, la rejeter loin pour mieux la comprendre, l'enrober, l'englober, l'embrasser de ma plus belle tendresse, l'avaler ou la laisser tranquille, parfois. »

Anna-Léna repousse brutalement la couverture dans laquelle elle s'était lovée, se lève. S'extirpe. Elle retrouve la douceur de son bureau, se berce du tic-tac de l'horloge murale, ouvre son courrier. La lecture se fait distraite. Elle commence une lettre…

Mais prise d'une fatigue étonnante, elle décide d'aller se coucher.

# Le renoncement

*Toute rencontre m'est cause de souffrance,*
*soit parce qu'elle n'a lieu qu'en apparence,*
*soit parce qu'elle se fait vraiment*
*et c'est alors la nudité du visage de l'autre*
*qui me brûle autant qu'une flamme.*
Christian Bobin
*Ressusciter*

Le temps a fait son œuvre. L'image de ce visage s'est estompée pour ne devenir qu'un point minuscule sur l'horizon de son passé. La vie a repris ses droits, sa réalité pleine et entière. Le printemps a déshabillé les femmes, rendu les terrasses à leur existence, les arbres s'épanouissent à nouveau aux chants des tourterelles, les rues s'animent dès les premières fraîcheurs du matin jusqu'à tard le soir, les quartiers retrouvent leur identité villageoise. Tout respire d'un optimisme crasse. Cette femme est oubliée.

Anna-Léna revient d'un séjour sur la côte d'Azur chez son amie Violaine, dans l'arrière-pays niçois, séjour décidé avant la grande vague touristique. Un mois de villégiature l'a remise en forme, plus déterminée que jamais à s'offrir une vie d'aventurière. De la douceur de cette maison lui est revenu son projet photographique, mis en veille depuis trop longtemps.

Elle avait toujours voulu escalader le monde des apparences, et ça depuis la puberté. Alors un peu candide, elle rêvait d'un monde où tous les gens vivraient simplement nus. Sans y voir à l'époque toute la dimension sexuelle qu'oblige l'adolescence, c'était une manière figurale d'interroger la vraisemblance des choses en supprimant tous les apparats, une simple tentative d'aller voir derrière le jeu social, l'état de nos aspirations et de nos fantasmes. Qu'est-ce qui faisait véritablement lien entre les individus ? Quelles étaient les sources de certaines affinités? Ces scènes se passaient souvent en plein désert, même le décor devait être annihilé. Plus tard, elle comprit que le plus intime de chacun touchait à l'universel, autrement dit que ce que nous tentions de préserver de notre for intérieur, parfois comme un trésor unique, sacralisé, était en fait ce qu'il y avait de plus commun, de plus partagé, de moins original, de moins spécifique.

En fil d'Ariane de cette fantasmagorie de jeune fille, elle avait pensé il y a quelques temps à ce projet artistique autour du réveil. Elle souhaitait désormais emprisonner dans la permanence photographique le portrait de qui veut au sortir du sommeil, moment qu'elle considérait des plus vrais, le visage comme révélateur de l'âme alors sans masque, sans persona. Violaine fut son premier cobaye, avec sa belle chevelure automnale et son visage de porcelaine.

Revenue du Sud avec, dans ses bagages, un agrandisseur photographique et son Leica, depuis elle passait ses journées à tirer ses clichés, à les agrandir, cherchant le bon équilibre entre le format et la qualité de l'image, inventant des mises en scène, pensant à la présentation de ce projet dans son ensemble. Par ailleurs, elle reprenait contact avec d'anciennes connaissances, s'amusait à leur soumettre l'idée, et selon, diversifiait les propositions. Elle était entourée de mondanités, cernée par des projets. Aussi, la nuit restait un tremplin à son dessein. Elle multipliait les conquêtes, les soirées, les invitations. Tout à cette nouvelle activité, elle restait également disposée à se donner corps et âme dans cette vie nocturne et ne ratait plus aucune soirée au El Garrón, s'essoufflant sur la piste de danse jusque tard dans la nuit.

C'est au détour d'une de ces soirées et évidemment dans l'inattendu, dans l'inespéré, le renoncement contraint par le réel de l'absence ayant plié jusqu'à l'oubli, qu'elle entr'aperçoit cette silhouette. Près du bar, au même endroit, accoudée, un verre dans l'autre main.

Elle ne tremble pas, c'est plutôt une chaleur qui vient l'envahir. Elle n'est déjà plus sur la piste, quelque chose s'est décroché de son corps. Elle finit machinalement les derniers pas de danse engagés, marmonne quelques mots à l'oreille d'Albertine, puis la laisse seule au milieu de la milonga et se dirige vers l'inconnue. Sans aucun mot prononcé, elle lui tend la main en même temps que son regard, Alma prend tout, douce et légère. Elles se trouvent. L'une face à l'autre, elles ajustent le parallèle de leur corps dans un mouvement naturel. Léna l'encercle de son bras en venant déposer sa main droite en bas du dos, étreignant délicatement cette hanche. Elle sent sa peau à travers la soie de sa robe émeraude, une éphémère sensation qui restera longtemps au creux de sa main, une balise autant qu'une promesse de sensualité. Elle l'invite alors à venir se poser sur son bras. Alma s'y adosse pendant que leurs deux mains s'enlacent à hauteur d'épaule. Et sans autre mouvement qu'un balancement de droite à gauche, les deux femmes s'installent dans la musique. Les corps peuvent alors se rapprocher dans un abrazo fermé. Le premier pas s'engage sur Cicatrices, une reprise de Francisco Lomuto. Un voyage musical en trois temps et en trois morceaux les embarquent.

Ce premier tango, plutôt classique dans sa facture, leur permet de faire connaissance. Léna conduit simplement la marche pour sentir sa cavalière. Le rythme est là, les axes sont en place et se coordonnent. Elles commencent à évoluer ensemble parmi les autres couples. Puis une bulle musicale les enveloppe, les yeux d'Alma se ferment pour mieux sentir la connexion des corps, elles sont seules désormais. S'enchaînent alors quelques figures, des ochos avant et arrière, quelques salidas. Rien de spectaculaire ni de remarquable. Le monde entier s'est délité. C'est la première rencontre.

De Pure Cepa, plus enjoué, plus joyeux, décide de la suite, les entraîne dans un rythme rond, leurs corps se sourient, elles tournoient. Bien installées dans leur abrazo, la musique les soumet à des figures plus complexes. Une salida répétée trois fois, suivie de petits pas au rythme vertigineux du bandonéon. S'enchaîne alors une mordida, les deux pieds de Léna venant bloquer le pas avancé d'Alma, quelques fioritures laissent place à un pas de côté pour retrouver le sens de la marche. Elles repartent. L'épilogue musicale inspire Léna à conduire Alma dans un tour, elle s'étourdit de la voir virevolter autour d'elle, renouvelle le mouvement à l'infini. Le changement de rythme la pousse sur le dernier ocho-avant à une interruption, elle mime alors l'hésitation quant à la direction à prendre : suspendu sur la pointe du pied droit, le corps d'Alma enchaîne une succession rapide de faux départs d'un côté puis de l'autre, leurs regards s'agrippent, elles s'en amusent. Et c'est seulement sur les toutes dernières notes, qu'accompagnée d'un simple pas avant, Léna ramène Alma tout contre elle pour la faire basculer très légèrement en arrière. Leurs corps sont en arrêt.

Elles s'essoufflent enfin dans un ultime tango, le célèbre La Cumparsita. Les accords de piano installent un suspens, des doigts habiles descendent toute la gamme, la musique court sur un rythme régulier, que viennent troubler quelques notes isolées, aériennes, intensifiant par-là l'ambiance. S'ensuivent des accords frappés, presque brutaux. Puis tout se ralentit. Et c'est dans ce leitmotiv que les deux femmes s'épanouissent dans d'audacieuses figures, comme entraînées sur une portée invisible, elles volent de leurs pas précipités. Et c'est sur le dernier virage musical, tout en puissance, qu'Alma exécute une succession de pas rapides, jouant avec les jambes de Léna, s'entremêlant jusqu'à l'évanouissement de leur contour. Impression d'une heureuse confusion. Puis la musique se calme. À nouveau, les deux femmes se font face dans la marche pour quelques pas apaisés jusqu'à la dernière note qui les retrouve immobilisées, après un pointé exécuté au même moment. Leurs visages se regardent et se rapprochent pour mieux se serrer.

Il y a comme une suspension. Les corps encore engourdis, elles restent l'une contre l'autre, le cœur battant la chamade. Puis la chaleur regagne leurs épaules, l'ambiance de la salle leur revient peu à peu. L'orchestre enchaîne alors avec El incendio de Carlo Di Sarli.

Léna lui murmure au creux de l'oreille :

- Pourquoi avoir attendu si longtemps avant de revenir ?

Alma tente de se dégager de cet abrazo, mais tenue si légèrement, elle ne résiste pas, elle y reste :

- J'avais peur !

- Peur ?

- J'avais peur de ce qui m'a fait fuir, je n'ai toujours pas compris quoi, vous qui dansiez, qui guidiez, je n'sais pas, ce lieu, cette musique, cette ambiance …

Léna hésite un instant, se reprend :

- Ne plus vous revoir, même une fois, ne pas savoir où vous croiser ne m'a pas laissée tranquille, m'a mise mal sans que j'en saisisse grand chose.

Elles rient, peut-être un peu gênées. Alma se dégage finalement de cette étreinte. Elle lui tend alors la main, met une distance amusée :

- Plus jamais je n'aurai peur, plus jamais vous ne serez mal, promis ? lui dit-elle dans un sourire facétieux.

Le pacte ainsi scellé par leurs deux mains, elles rejoignent tranquillement le bar sur un même rythme, Alma en profite pour lui serrer le haut du bras de sa main tendre et ferme en se penchant :

- Merci pour cette danse, — pas si policée ! garda-t-elle pour elle — s'abandonnant un instant sur son épaule.

Au bar, Léna commande la spécialité de la maison, un mélange de jus de grenade et de gin rallongé d'une liqueur de citron, et le tend à Alma. Tchin !

Le reste de la soirée se passa dans l'énergie du lieu, entre maison close, boîte de jazz et cabaret. Tout semblait permis ce soir, au gré de ces gens qui s'offraient dans leur plus belles diversités, au gré de ces genres qui ne demandaient qu'à s'assumer. La salle s'était remplie, certains danseurs s'agglutinaient alors sur la piste pendant que d'autres, attroupés autour de ces minuscules tables, discutaient, riaient, se chamaillaient, se provoquaient, se cherchaient des mains, s'embrassaient parfois. L'engagement de chacun semblait embarquer leur corps tout entier. L'atmosphère était à l'exultation, seul fil contagieux de cette nuit. Des retardataires venaient d'arriver, déguisés, pompeux, colorés, maniérés. Jouissant de cette entrée fracassante, ils réunirent alors tous les regards sur eux. Cela grisa certaines femmes, ces reines de la nuit qui choisirent ce moment pour sortir de l'ombre, leurs robes raccourcies révélant leurs corps arrogants et farauds, elles s'en amusaient, provocantes et superbes. Une complicité tacite encerclait ce phalanstère.

Entre Alma et Léna, il y eut d'autres verres, d'autres danses. Une véritable connivence les serra toute la soirée. Caustiques, elles se plurent à commenter les pas de certains danseurs pour mieux oublier l'émotion qui les troublait. Entre autre chose, elles firent des concours de shots à base d'absinthe, s'amusèrent avec d'autres clients, se lancèrent des défis, jouèrent des rôles. Cette nuit fut pour elles une comédie sans nom, un théâtre des vanités. Elles finirent à la table de M. Victor parmi d'autres danseurs, partirent dans des fous rires immotivés, se retrouvèrent ivres au petit matin, grisées d'être à deux, d'être ensemble.

Et c'est à la fermeture de l'établissement que les deux femmes se dirent au revoir. Et c'est serrées dans les bras l'une de l'autre qu'elles se quittèrent. D'un imaginaire devenu commun, les exubérances, l'enthousiasme et l'excitation joyeuse de ce soir comme preuves, Léna concéda un dernier clin d'œil complice, mima un ultime baise-main avant de laisser filer Alma de l'autre côté du rideau, dans un dernier mouvement de valse, dans un dernier sourire.

Et c'est sous ce ciel naissant qu'Alma trouva au creux de sa main, d'une écriture fine et sensuelle, cette missive :

*Retrouvons-nous demain à la Ruche. 19h20.*

*J'ai besoin que vous me déceviez un peu.*

*Merci de vous.*

*AL*

*téléphone n°2 de Luxembourg*

# La Ruche

*En rentrant dans la vie,*
*il faut se nourrir d'idéal ou de fatalité,*
*l'une est plus difficile à alimenter que l'autre.*
Alfred Boucher
*La Ruche, un siècle d'art à Paris,*
*de Dominique Paulvé*

Alma décide de s'y rendre à pied.

- Etrange ce lieu de rendez-vous, presqu'un croisement de pensées ! J'y ai tellement traîné mes guêtres à l'époque, se dit-elle.

Sur le chemin, elle choisit de passer par le pont Neuf, le plus ancien pont de Paris qu'elle aime pour ses larges trottoirs et ses balcons. Elle est partie bien en avance, elle veut profiter de cette traversée, de cette promenade, profiter de ce temps. Aujourd'hui, Alma a envie de vagabonder, de flâner, de se perdre. Elle faribole au gré des couleurs du ciel, de ces nuages rose bonbon de fin de journée, de ce soleil orange sucré. Le cœur léger, la tête haute, les mains dans les poches, elle s'est plue dans son pantalon large bleu marine, ses godillots et sa casquette de travers. Sa démarche est chaloupée, elle traverse la Seine, croise des badauds qui se tiennent la main, s'arrête sur un balcon, regarde l'eau qui se presse. Songeuse, elle revoit ce pantalon noir cintré, cette veste blanche ajustée à sa taille, cette coiffe masculine qui s'évanouit sur la tempe droite dans une boucle brillante. Elle reprend enfin sa route. Même les voitures semblent glisser dans ce décor de carte postale. Il plane comme un goût d'irréel en ce mois de juin.

En suivant le pont, elle rejoint l'autre rive et emprunte la rue Dauphine. Pendant qu'elle marche, quelque chose vient l'interpeller, lui fait faire demi-tour. C'est bien ça, c'est bien l'Éphémère qu'elle retrouve à cet instant. Ces oublis qui n'en sont pas, ces réalités qui reviennent par devant soi. Curieuse, elle jette un coup d'œil à l'intérieur de son ancienne galerie. Tout a été ravagé par le temps, les poutres ont perdu leur horizontalité, la poussière et l'usure ont pris possession des lieux. Elle ne s'y attarde pas.

Remisant ce passé dans les cendres de

l'oubli, elle poursuit son chemin, l'air caresse ses joues. Elle s'amuse à fermer les yeux, déambule sur les trottoirs dans cette heureuse cécité, s'en amuse, en fait un jeu. Et c'est quand elle bouscule un passant qu'elle rit, ouvre les yeux, balbutie des excuses qui n'en sont pas. Elle est arrivée au passage Dantzig. Lui apparaît alors la Ruche dans toute sa dimension architecturale, dans tous ses souvenirs d'antan, avec son monumental portail en fer. Immédiatement, ses yeux se fascinent des deux cariatides qui semblent supporter sans effort ce large immeuble octogonal à deux étages. Leurs fières silhouettes, leurs regards profonds, leurs tailles démesurées leur confèrent une dimension presque divine, un masque entre leurs mains, elles sont à découvert. À coup sûr, ce sont les muses et les gardiennes de ce lieu de résidence des peintres et des sculpteurs. L'édifice est pareil à ses souvenirs : son toit en forme de chapeau chinois, ses diverses balustrades, ses escaliers de toutes parts, ses marquises et ses ornements en métal participent de l'étrangeté du lieu. Autour de ce bâtiment central, d'autres petites habitations ont été construites depuis pour recevoir les artistes. Mais le flamboyant reste le jardin avec ses tilleuls, ses marronniers, son cerisier, ses lilas et autres fleurs sauvages, entretenu avec un tel soin qu'il vient contredire l'inconfort historique du lieu. Depuis vingt cinq ans, il n'y a toujours pas de chauffage, d'eau courante, ni d'électricité. On raconte qu'autrefois, on y mangeait même des chats. La misère et la pauvreté baptisent ces murs à tout instant.

Alma reconnaît alors à sa droite, la loge de la gardienne, Mme Gentilhomme. Un nom bien ironique pour cette femme peu appréciée des résidents, sévère et acariâtre, qui s'amusait les jours d'orage à recouvrir son poulailler des toiles d'un certain Chagall. Alma s'en souvenait encore. Elle traverse maintenant la cour, lentement, attentive, répondant par-là à la multitude des choses entreposées. Comme noyés sous la poussière, se répandent un peu partout des tableaux, des pots de peintures renversés, des amoncellements de glaise, des outils plus ou moins rouillés, des dessins inachevés, des monticules de bois, des cadres cassés, des toiles déchirées. Rien ne semble avoir vraiment changé. À la verrière attenante sur la gauche, une terrasse couverte a simplement été ajoutée.

Alma s'est installée face aux fenêtres qui donnent sur le jardin, dos à la porte. Cette immense pièce, haute de plafond, est tapissée de tableaux, de dessins, de caricatures esquissées à même les murs. Dans le fond, une myriade de miroirs rend compte de toute la dimension symbolique du lieu pour ces artistes en quête de reconnaissance. Quelques tables sont déjà occupées, c'est l'heure des convivialités, l'heure des apéritifs de fin de journée.

Se retrouvant dans le hall d'entrée, face à cet impressionnant escalier en bois, Léna se dirige vers la terrasse ombragée d'un pas motivé. Elle l'aperçoit de loin. De là, elle peut voir ce grand front qui vient lui manger le visage. Léna a toujours aimé ça, peut-être parce que le sien est si étroit, peut-être parce qu'on entend toujours mieux les choses d'en haut, peut-être parce que ça ouvre des portes, des échappatoires plus évidentes. Les petits fronts obligent à tourner en rond, c'est bien connu. Alma tient serré entre ses lèvres son fume-cigarettes, la Gazette ouverte devant elle.

Leurs regards se croisent dans un des miroirs. Alma ne bouge pas, leurs yeux se fixent. Léna ralentit sa marche, tout à son envie, tout à ce spectacle, un tableau parmi les tableaux. En arrivant près d'elle, elle ose un baiser sur la joue et choisit la chaise d'en face.

Les deux femmes se sourient spontanément. Tout commence là, sans effort. Entre elles, un splendide candélabre d'argent qui les réunit.

- Vous savez que je suis déjà venue ici, je fréquentais cet endroit à l'époque où je tenais une galerie de peinture, c'était mon principal lieu de reconnaissance, je le préférais de loin à Montmartre ! J'y ai découvert de nombreux artistes et notamment des immigrés de l'Est, précise-t-elle.

- Mais vous ne m'aviez pas dit que vous vendiez des truffes sur les marchés ? s'étonne Léna.

- Oui, actuellement, c'est ce que je fais de mes journées mais j'ai eu bien d'autres vies avant ! dit-elle en riant, non sans une certaine fierté.

Léna répond par un sourire encourageant. Alma lui explique alors les différentes étapes de sa vie qui la mena jusqu'au marché des Halles : le théâtre, sa découverte de la peinture, sa passion pour les artistes méconnus, son désir de les exposer.

- Et comment vous choisissiez les tableaux, sur quels critères ? Non, disons, comment vous pourriez définir la peinture que vous aimez en trois mots ? lui demande Léna, alors curieuse.

- Heu, en trois mots ? Alma se met à réfléchir, cherche la précision, plisse son front, la main sous le menton, son regard s'égare vers le plafond voûté d'un orange doux-amer. Ça pourrait être l'onirisme, la violence et l'exigence d'un univers, sa singularité, il faut que résonne l'atmosphère toute personnelle de l'artiste si vous préférez... et aussi, j'oubliais, le jeu de lumière, dit-elle prudemment.

- Ah oui !

- Ça ne fait pas un peu prétentieux de dire ça ? répond-elle avec dérision, tournant son regard vif vers Léna, libérant alors ses cheveux dans un mouvement gracile.


La conversation devient plus mondaine entre les deux femmes, elles échangent autour de la peinture, de l'exil des peintres russes d'avant-guerre, du carrefour artistique que représenta ce dramatique événement et ce regain de vie créatif que nécessitait l'après, l'avènement du cubisme, la naissance du surréalisme ....

- En fait, je crois que la peinture tient son existence d'une rencontre entre une simple toile et un amateur, se reprit soudain Alma d'une voix plus susurrée, plus intérieure, pensant à tous ces visiteurs observés pendant six années dans sa galerie.

- Alors pour le coup, ça fait beaucoup moins prétentieux ! lui répond Léna légèrement ironique.

Puis la discussion se fait plus confidentielle. Alma se met à lui parler du théâtre avec Louis, des embûches rencontrées pour ouvrir sa galerie quand on est une femme, de la Ruche comme lieu de rencontres privilégiées d'artistes connus et moins connus, de certaines découvertes émouvantes, des paris gagnés alors que personne n'y croyait, mais aussi de ses échecs et de ses déceptions. Elle se livre sans pudeur, ça part un peu dans tous les sens, Léna s'en amuse :

- Et comment en êtes-vous arrivée à travailler sur des marchés alors ?

Alma semble gênée, hésite mais quelque chose la décide :

- J'ai retrouvé ma mère il y a deux ans. Ce fut un tel choc, ma vie ne fut plus jamais pareil après. On ne se débarrasse jamais complément de son passé, n'est-ce pas ? avec un sourire las. En fait, j'ai revu ma mère pour la première fois à la Salpétrière, elle avait été retrouvée ivre-morte sur un trottoir, en pleine nuit prés de chez elle. Ils m'ont recherchée pendant deux semaines, cela faisait 18 ans qu'on ne s'était pas revues ! Comme je vous l'ai dit, entre-temps, j'avais beaucoup bougé, déménagé plusieurs fois. Cette rencontre bouleversa ma vie. Je ne sais pas vraiment expliquer pourquoi. Je me souviens seulement être rentrée dans cette grande salle d'hôpital, si blanche, si anonyme, si froide. Des lits à n'en plus finir étaient alignés en rang. Je voyais tous ces corps s'agiter, geindre de douleur quand d'autres n'étaient plus que des formes inertes, silencieuses sous ces draps de peu, si miséreux. L'atmosphère y était pesante, j'vous assure ! Mais ce ne fut rien à côté de l'effet dévastateur qui m'assaillit à la vue de cette vieille femme amaigrie. Quand je me suis approchée d'elle, guidée par l'infirmière de service, j'ai cru qu'elle s'était trompée de lit. Ma mère me prit alors la main, j'crois que j'ai eu peur. Et dans une voix assourdie, je l'entends encore me dire « Oh, Armand ! Tu es revenu, je suis tellement heureuse ! »

- Armand ? interroge Léna du regard.

- Oui, lui dit-elle comme une aveu. En fait, j'ai eu une enfance plutôt douce, du moins dans ma prime jeunesse. Ma mère était assez autoritaire mais attentionnée et tendre. C'est vrai qu'elle était stricte, dit-elle songeuse. Mais bizarrement, elle m'éleva à cette époque comme un garçon, et parfois m'appelait Armand, un surnom qui l'amusait beaucoup, emprunt de douceur. Enfin, je l'ai toujours entendu comme ça. Au fur et à mesure que je grandissais, je voyais bien que j'étais un peu différente de mes camarades de classe. Et ce n'était pas tant par le choix de mes vêtements qui restaient somme toute assez féminins que par mon comportement et mes jeux. Je traînais facilement avec les garçons même si j'aimais beaucoup les filles ! Ma mère me répétait sans cesse qu'elle ne voulait pas que je connaisse le même sort qu'elle, à élever son enfant seule, dans un foyer médiocre, dans ce quartier de misère. On habitait le Marais en cette période. Je crois que ça l'aurait rassurée que je sois un garçon. En y pensant, ma mère était assez moderne, même si elle n'avait pas les moyens de sa révolte. Nous étions très proches, je ne comptais véritablement que sur elle. Mon père était maquignon, il passait la semaine à parcourir le pays chez les éleveurs, à visiter les foires et les marchés. Certains soirs, il ne rentrait pas.

    - Comme vous aujourd'hui ! ose Léna.

    - Ah oui ! Je n'avais pas fait le lien,

admet-elle pensive.

Après avoir reposé son verre sur la table, elle continue :

- Puis, il y eut ce moment de bascule, je devais avoir 6-7 ans, je ne sais plus très bien, peut-être moins. C'est insidieux ce qui se passa à l'époque. Ma mère changea, je crois qu'elle changea d'abord physiquement. D'une femme qui courbait l'échine, elle devint peu à peu une femme sur laquelle les hommes se retournaient, elle s'apprêtait, prenait davantage soin d'elle. Puis, elle était moins à la maison. Par ailleurs, j'aimais bien être seule ! Oui, je passais plus de temps dans ma chambre, et l'école me plaisait beaucoup, j'm'étais fait plein d'amis, j'avais envie de m'amuser ! Une certaine distance s'installa entre nous. Et si elle sortait plus, elle m'amenait aussi plus souvent au parc, on faisait les magasins ensemble. Ma mère avait apparemment la main lourde pour dépenser l'argent du ménage, je me souviens que mon père lui reprochait souvent. Les choses de la vie se transformaient sous mes yeux mais tout me paraissait normal alors. Je pleurais parfois car je voyais moins mon père qui ne rentrait désormais qu'en fin de semaine. Oui, c'est là que se concentra pour moi ma plainte de petite fille pendant que ma mère devenait une autre femme. La semaine, elle m'emmenait à des soirées, dans des brasseries ou chez des gens. Il y avait toujours plein de monde, beaucoup d'hommes. Ça parlait fort. C'était des endroits enfumés, alcoolisés, les gens s'amusaient, parfois il y avait de la musique, on y dansait. Ma mère me posait dans un coin où souvent, je m'endormais. Simplement, je n'aimais pas quand elle venait me réveiller au milieu de la nuit, elle empestait l'alcool. Nous traversions alors Paris pour rentrer. Je me souviens de ces nuits glacées, ma mère à mes côtés qui n'était souvent plus que l'ombre d'elle-même. Plus grande, elle me laissa seule à la maison. Je la voyais se préparer, je revois ses jupes en soie, ses tenues affriolantes en crêpe-satin, ses robes qui pour certaines se terminaient par un drapé élégant remontant jusqu'à l'épaule, le plus souvent coiffée de chapeaux en feutrine ou ornementés de panaches, d'aigrettes et de rubans. L'hiver, elle s'était entichée d'un manteau de fourrure qu'elle cachait dans le fond du placard le reste du temps. Je crois que je l'admirais un peu, j'enviais secrètement son élégance. J'étais une jeune fille plutôt discrète. Elle allait jouer aux cartes chez des amis, me disait-elle, en vérité, elle avait besoin de se perdre dans les bras d'autres hommes. Certaines nuits, je l'entendais rentrer, elle était ivre, j'avais honte. Et puis, progressivement elle se mit aussi à boire à la maison. Entre nous, c'était devenu impossible. J'en étais à espérer qu'elle sorte. Dans la journée, je pouvais la surprendre se parler à elle-même, faire des choses bizarres, ses comportements étaient étranges parfois, souvent elle s'énervait devant le miroir. Malgré tout, il y avait un accord tacite entre nous, comme un contrat, mon père ne devait rien savoir de cette vie-là.

- Et vous ne savez pas ce qui s'est passé ? Vous n'en avez jamais parlé avec elle ?!

- J'ai grandi craintive et passive, je ne m'interrogeais que peu sur les événements à l'époque.

- Mais votre père ne disait rien ?

- Bien sûr que si, au début, mon père lui disait qu'elle avait changé, qu'elle dépensait trop d'argent, qu'elle buvait trop... Entre eux, les disputes étaient de plus en plus fréquentes, certaines pouvaient être violentes. Tout cela me devint insupportable ! Alors je m'enfermais dans ma chambre pour ne plus les entendre. Souvent, je m'amusais à faire le portrait de mes amis et de mes instituteurs, j'écrivais des petits textes, je n'ai jamais été très douée pour le dessin, se rappela-t-elle dans un sourire…. J'aurais donné n'importe quoi pour être loin.

Restée pensive, Alma se mit soudain à rire :

- Je ne vous embête pas trop avec toutes mes histoires ?

- Et après, comment ça s'est passé ? encouragea Léna, esquivant la remarque.

- Et puis, ça s'est tari. Le silence a remplacé les cris. Mes parents sont devenus comme des étrangers l'un pour l'autre et étrangers à eux-mêmes, d'un certain côté. À l'adolescence, j'en ai beaucoup voulu à ma mère de sa suffisance. Elle m'énervait avec ses grands airs. Ce que j'admirais chez elle petite, m'était devenu insupportable. Je me suis rapprochée de mon père, le pauvre, que je voyais revenir toutes les semaines, toujours plus fatigué. Ma mère était de plus en plus absente, plongée dans son alcool ou dans ses soirées. Nous nous étions réellement éloignées toutes les deux. Je passais le plus clair de mon temps dehors ou dans ma chambre à attendre mon père. À sa mort, je n'ai pas attendu longtemps avant de déguerpir. J'ai bourlingué quelques années avec une troupe de théâtre, j'ai adoré cette période. Tout semblait facile. Alors, vous comprenez, dit-elle d'une voix plus distanciée, quand j'ai revu cette vieille femme dans ce lit sordide, j'ai eu des remords, je ne sais pas trop pourquoi... Je n'ai pas pu la laisser ! Elle n'avait plus grand chose à voir avec cette femme délirante, solaire, fantasque et séductrice qu'elle était devenue. C'était une vieille femme fatiguée, à la dérive que je retrouvais. Le médecin refusait de se prononcer sur un diagnostic. J'ai tout arrêté et j'ai décidé de m'en occuper.

Léna la regardait intensément, tentant de percevoir ce qui la bouleversait le plus, ses yeux brillants reflétaient les flammes tremblantes des bougies.

- Et vous habitez avec elle ?

- Non, pas du tout !... Je passe les fins de semaine avec elle, c'est suffisant pour elle et pour moi surtout ! sur un ton d'évidence.

Après un long silence, Léna chercha une diversion, son regard tomba sur le titre du journal, reposant depuis longtemps sur la table en marbre : « En Italie, l'état fasciste a institué un impôt sur le célibat. »

- Une manière bien étrange de lutter contre la dénatalité !

Alma éclata de rire :

- A la bonne heure ! Oui, la bienséance de l'État a parfois de drôles d'idées !... Si vous étiez italienne, seriez-vous taxée, ma chère ? dans une douce ironie.

- Si j'étais italienne, je serais taxée, certainement ! Mais je refuserais de payer. Je ferais peut-être la ronde en prison à l'heure actuelle, réplique Léna.

- La ronde des jeunes filles en fleur, la ronde des jeunes filles rangées. Tout cela n'est qu'apparence, il suffit de se plonger au cœur des nuits parisiennes, n'est-ce pas ?

- Oui, certaines nuits qui poussent quelques bourgeois au suicide ! Comme dans ce tableau de Gervex, Rolla je crois, regardant autour d'elle toutes ces peintures. Ce jeune homme éperdument amoureux d'une courtisane et qui tenta, ruiné et déshonoré, de se suicider, il me semble.

- La femme conquiert son pouvoir dans les arrière-salles de la société ! En cuisinière, en gourgandine ou en garçonne ! s'amuse Alma. J'aime beaucoup les croquis de Kees von Dongen pour ça.

Après un temps :

- Depuis combien de temps faites-vous du tango ?

La voix d'Alma était devenue d'un coup un peu plus aiguë, comme enveloppée d'une émotion qui lui échappait. Léna entendit sa question autrement. Elle lui raconta alors sa décision de guider au tango, comment elle avait trouvé ce subterfuge pour se vivre dans cette dualité assumée, ce masculin-féminin qu'elle avait toujours nourri, mais en secret, une force qu'elle a tue pendant des années. Le tango lui permettait alors d'en découdre, de faire vivre cette partie d'elle-même.

- Et qu'est-ce que ça vous fait de prendre la place de l'homme ?

- Ça m'apporte de la liberté et puis de l'amusement, beaucoup ! Ça choque juste assez pour alimenter une certaine curiosité et pas assez pour qu'on me l'interdise. C'est assez excitant, finit par avouer Léna, avec malice.

Alma resta songeuse un instant. Ce travestissement chez elle prend un chemin long, il se fait dans le plaisir, au su et au vu de tous, avec en prime une certaine reconnaissance. Je me suis inventée Armand comme un sacrifice. Il est né d'un sacrifice mais il n'a que peu de rapport avec moi. Il est né du désir de ma mère. Et en même temps, c'est encore moi ! Qu'est-ce que ça veut dire que de se grimer en homme ?

Comment se sent-elle dans la peau d'Armand ?

La bouteille de champagne était retournée dans son seau depuis longtemps. La nuit avançant, la salle s'était vidée. Les deux femmes se levèrent en même temps, prononcèrent un au revoir appuyé, se tenant les mains comme pour mieux retenir cet instant, comme pour mieux imprimer ces quelques heures passées ensemble. Elles se reverront, se le disent, cela suffit. Des espaces communs existent désormais. Une promesse sourde, peut-être, de se retrouver au El Garrón mardi prochain.

Mais les semaines passèrent, et Alma se volatilisa aux yeux de Léna. Aucune nouvelle, aucun signe, pas moyen de la retrouver. Cette disparition après le plaisir de la rencontre laissa un goût avarié. Avarices des traces laissées.

Pour Alma, ce fut la traversée d'un tunnel, profond, noir, immense. Une crise sans commune mesure encore pour elle, une tristesse plongée dans les tréfonds de l'âme. Difficile de s'en relever, tout semblait se fissurer. Elle s'accrocha au bord pour ne pas sombrer, s'accrocha à ce quotidien bien rangé, à ces aller-retours entre le marché des Halles et sa chambre de bonne. Et c'est encore là, la tête dans les étoiles qu'elle se sentait la plus solide, assise par terre sur son balconnet, adossée au mur, écrasée désormais par ce passé qui lui revenait, elle qui s'en tenait éloignée depuis vingt ans, elle qui tentait de l'étouffer dans un sacrifice salvateur depuis deux ans.

Et, il y eut ce fameux dimanche de septembre. Tout éclata en morceaux, tout se libéra dans une violence sans nom. Elle réunit Alma et Armand dans un dernier cri, osa l'association des deux, abaissa les frontières. Elle fit éclater la vérité jusqu'à son issue, presqu'à son insu.

Alors, elle n'eut plus peur. Elle dormit une semaine entière et endossa le courage de sa décision, retrouva la missive de Léna. Le bonheur viendrait de cette absence de dualité, elle le sut à ce moment-là, dans un après-coup.

# L'absence, c'est du sentiment

> *La passion nous engage fatalement*
> *et comme malgré nous,*
> *pour un autre qui nous attire d'autant plus*
> *qu'il nous semble hors de la possibilité d'être rejoint,*
> *tellement il est au-delà de tout ce qui nous importe.*
> Maurice Blanchot
> *La Communauté inavouable*

Les jours qui ont suivi ont été pleins de cette rencontre. Une énergie sans nom, un rendu à soi sans raison. C'est par la suite que le manque s'est infiltré. L'insupportable est arrivé, insidieux, sournois. Pour Léna, l'espace est devenu trop grand dans l'absence d'Alma. Sortir de chez soi tous les matins avec l'idée de la retrouver, passer sa journée à la rechercher dans sa tête, dans son corps, dans une sensation plus juste qu'on assigne. Et puis refuser toutes ces chimères, définitivement. Alors déterminée, Anna-Léna veut oublier et c'est à l'orée du matin, sur un bord de trottoir, au détour d'une porte qui s'ouvre, dans la voix d'une téléphoniste, sur le visage d'une passante, dans le regard d'une amie qu'elle la retrouve sans arrêt, tous les jours, tout le temps, beaucoup trop.

La véritable liberté se crée et se trouve dans le lien à l'autre, pas dans son absence. L'aliénation s'offre ici dans toute sa justification. Alors se divertir. Anna-Léna continue à aller danser le mardi au El Garrón, se saoule de musique, de danse, recherche volontairement l'ivresse et rentre de moins en moins seule. L'image s'estompe un peu. Le reste de la semaine, elle multiplie les invitations, s'est remise à organiser des soirées, convoque le tout Paris qu'elle avait délaissé pour une solitude assumée. Programme des voyages, prend des billets de trains, intensifie sa vie sociale, redouble les liens, en fait trop, se perd, s'étourdit de fantaisie, flirte avec le populaire, s'habille pour les grandes occasions, recherche la diversité, s'essouffle dans les vertiges de la nuit. Sa Dame de compagnie renvoyée, elle veut vraiment être seule, oppose sa vie entre des futilités mondaines et une solitude ombragée.

Mais ça ne suffit plus ! Inexorablement, la vie n'est qu'espérance. Alors quelles raisons faut-il s'inventer pour justifier l'acte d'oubli ?

Comment oublier sans renoncer ? Comment fait-on pour se défaire de cette conviction intime, aérienne, simplement abstraite qu'il y a quelque chose à vivre, d'indicible encore, que l'essentiel est là, même inaccessible ? Qu'est-ce que la fuite ? Renoncer ou y croire ? Pourquoi choisit-on le combat ? Toutes ces questions prennent la place de cette absence, l'aident à calmer ses ardeurs, son envie de revoir cette femme, de la connaître enfin pour dévoiler ce mystère qui gonfle au fond d'elle-même. En réalité, sa certitude empêche le doute, fait barrage à toute hésitation. Il n'y a plus rien qui existe vraiment que de revoir Alma.

Puis parfois, inquiète, sceptique, elle devient perplexe devant son propre imaginaire. Elle s'en veut alors de cet emballement, regrette cette rencontre, nostalgique de ce qu'elle était avant. Et alors ce n'est déjà plus la torture du manque qui la menace, c'est quelque chose de plus fort, de plus universel, une évidence qui vient des profondeurs : elle serait d'accord pour abdiquer si Alma lui disait être heureuse sans elle, ne pas avoir envie de la revoir. Mais son silence rend compte du paradoxe de son absence, trop bruyant pour être sans raison.

Tu me concernes ! tu me concernes ! tu me concernes ! ... cet écho intérieur vient lui dire à quel point il est déjà trop tard pour renoncer.

L'absence, c'est du sentiment. Et c'est bien ce qu'elle a nourri à son insu, pendant ces dix-huit années où elle n'a pas revu sa mère.

Une certaine mélancolie vient l'accueillir au petit matin, scellée dans sa chambre de bonne, la fenêtre s'est réduite, l'aube se fait attendre. Alma met de plus en plus de temps à se remettre de ses expéditions chez sa mère, elle le ressent. Pourquoi avoir fui si longtemps pour s'y soumettre à nouveau et si intensément depuis deux ans ? Le doute s'installe.

La pensée semble avoir repris ses droits, se fait reine, des liens se tissent, les insomnies sont de retour. Quelque chose renaît en elle, une énergie indicible et douloureuse. Des images d'enfance viennent parsemer d'un hier révolu ces journées sans fin, comme des fulgurances qui viennent la surprendre à n'importe quel moment.

Et il y a ce souvenir, cette fameuse nuit qui se précise au fil des jours, comme un leitmotiv. Elle ne peut plus l'évacuer, elle ne veut plus, peut-être. Seule dans son lit, elle n'arrive pas à s'endormir, elle a cinq ans. Elle entend ses parents se disputer de l'autre côté du mur. Son père s'emporte, crie, vocifère, le sol se dérobe. Tout s'est mis à trembler d'un coup, dans un bruit fracassant. Quelque chose s'est cassé, un objet est tombé, une chaise a volé, la table s'est renversée ? Sa mère finit par pleurer dans son coin, tout près de sa porte de chambre, son père continue à hurler, des insultes fusent. Cette nuit est une éternité. Elle se recroqueville sous sa couverture, se bouche les oreilles, s'endort enfin au petit matin, des larmes sur ses joues. Et cet autre souvenir, depuis toujours est là : ce lendemain, cette journée ensoleillée au parc avec son père, ces tours de carrousel, cette glace mangée goulûment, cette partie de cache-cache avec d'autres enfants. Un de ses meilleurs souvenirs d'enfance, un moment privilégié avec son père. Des parenthèses, désormais, assombrissent de leur vérité ce moment d'insouciance. Quand ils rentrent en fin d'après-midi, elle se souvient alors de sa mère alitée et qui le restera quelques jours, avant d'aller en cure dans les Pyrénées pour soigner son asthme. Ses parents lui avaient initialement promis de l'emmener se promener dans la forêt de Compiègne, la forêt de Blanche-neige. Qu'est-ce qu'a bien pu faire cette mère pour provoquer cette violence si soudaine chez ce père ? Pourquoi son père s'est montré si virulent ce soir-là ?

Ça devient vraiment difficile de se rendre chez sa mère, les semaines passent et l'évidence s'évapore devant le poids du devoir. Malgré tout, elle y retourne, continûment, comme une triste ritournelle tous les vendredis soirs :

- Bonjour maman ! refermant la porte derrière lui.

- Armand, mon chéri ! d'une voix chaleureuse, presque suspecte. Comment vas-tu ? Comment s'est passée ta semaine ?

Depuis deux ans, Armand ne sait jamais comment il va retrouver sa mère. Le plus souvent, il est accueilli par une simple bougie qui tremble sur la table, sa mère allongée dans l'autre pièce qui lui sert de chambre. D'autres fois, quand elle est levée, c'est pour l'entendre se plaindre, s'énerver contre ses chats, contre la gazinière, contre ce miroir réfléchissant, contre le monde entier. Plus rarement, c'est un sourire discret qui vient l'embrasser. Il constate ce soir que cet accueil tend à s'étendre à chacune de ses visites désormais. Sa mère se montre plus douce, plus attentionnée, fait preuve d'une certaine vitalité. Quant à lui, il se sent plus absent, moins dévoué, il rechigne à lui venir en aide, une certaine nervosité l'assujettit au silence, il se renferme.

Non, l'attitude de sa mère ne lui rend pas ces visites plus agréables. C'est plutôt une chape de plomb à chaque délicatesse, toute cette gentillesse le fait vomir. C'est au bord de l'insupportable qu'il claque la porte certains après-midis pour s'aérer, errant alors dans ce quartier si connu de son enfance. C'est au retour d'une de ces échappées qu'un soir, il trouve la table mise, le repas préparé, l'atmosphère est détendue.

Il s'assoit comme à son habitude face à la petite fenêtre, la tête baissée devant l'autel de ses souvenirs. Cette douceur maternelle le ramène au temps jadis, là-bas, il le comprend maintenant. La marmite fumante trône au centre de cette petite table en bois. Sa mère est assise de côté, dos à la porte d'entrée :

- Alors, ta semaine ?

- Bien, le marché déborde cet été. Les gens ont envie de s'amuser, la truffe se vend bien. Et toi, comment ça s'est passé pour toi ? T'es un peu sortie ? lui demande-t-il dans un insondable effort.

Sa mère se montre d'un optimisme rare. Elle lui raconte alors comment elle s'est consacrée au grand nettoyage de son logis, s'est même fait aider de la voisine, elle si solitaire, si réservée d'ordinaire. Il passe en revue cet intérieur vétuste. Tout semble avoir été revêtu d'une étoffe brillante, comme refait à neuf, chaque chose est à sa place, rangée. Il s'étonne de ne pas s'en être aperçu avant, le garde pour lui.

- Et qu'as-tu fait de l'horloge murale ?

- Bah ! rétorque sa mère dans un mouvement de la main, je l'ai jetée ! Elle m'empêchait de dormir depuis un certain temps !

Il y a du vin sur la table. Armand savait sa mère disposée à la boisson mais depuis la crise de l'an passé qui l'avait conduite jusqu'au coma éthylique et devant ses inquiètes remontrances, elle s'adonnait désormais à l'alcool en son absence, un arrangement tacite entre eux. Ce soir, il s'étonne de cette vérité dévoilée. L'air viendrait presque à lui manquer.

Rapidement, il se sert un verre pour le vider d'un coup, le regard noir :

- Mais elle avait été fabriquée par mon père ! rétorque-t-il d'une colère retenue.

- Mais ton père est mort depuis tant d'année, mon chéri ! Voyons…

Après un temps, dans un raclement de gorge, atone :

- Tu l'as un jour aimé, mon père ? Allez, dis-moi vraiment ? se tenant immobile pour contenir ce bouillonnement intérieur. Et pour ne surtout pas flancher, les deux mains bien à plat sur la table, le regard vissé aux yeux de sa mère, il attend.

Devant ce silence prolongé, Armand explose jusqu'à se surprendre lui-même. Il se lève d'un bond, renverse sa chaise dans un fracas, son poing serré va pour transpercer la table tel le marteau de Drouot, adjugé c'est chu, trop tard, tout a été vendu aux enchères de la mémoire ! La marmite glisse de son trône, le chauffe-plat est laissé à sa plus plate existence, le couvercle dans un rebond ajoute à cette discorde sonore. Cette musique encombrante s'emballe, rien ne peut plus rien retenir. Un lâcher prise de dizaines d'années de silence s'époumone dans une ultime colère. Armand se met à hurler, reproche à sa mère ses absences, son alcoolisme, ses nuits de débauche et tout ce qu'il a dû garder pour lui, si petit à l'époque, tout ce qu'il a dû cacher à son père. Et pour protéger qui d'ailleurs ?

Sa mère est effrayée, se cache le visage de ses mains veinées et tremblantes. Elle balbutie des tais-toi ! qui s'évanouissent, étouffés par la vindicte de son fils. Dans un précipité, elle se lève à son tour pour rejoindre sa chambre, pour s'enfermer loin de ce monstre, loin de ce passé qui creuse un fossé grandissant entre elle et son fils. Mais Armand n'a pas fini d'en découdre. Il la suit dans une rage folle, referme la porte en la faisant claquer brutalement. Ce bruit comme une résonance de lui-même l'effraie autant qu'il le calme. Tout s'est mis à trembler. Sa mère est assise, recroquevillée sur ce matelas de peu, il lui fait face de toute sa taille. Le souffle court, il la fusille du regard.

Alors sa mère, dans une respiration :

- Ton père n'était pas un ange, sous peine de te …

- Aaaahhhhhh mais tais-toi !!!!

Dans un hurlement de loup, il saisit le coussin qui reposait au bord du lit, veut la réduire au silence. La bataille n'a plus de territoire si elle s'en prend à son défunt père. Il se jette sur elle, l'empoigne pour dégager son visage, va pour la frapper mais au dernier moment s'écroule sur elle de tout son long, le coussin en bouclier devient alors une véritable arme de guerre. Il va la tuer, il va l'étouffer, elle va se taire….

Quand soudain, sortie des ombres mortifiées, cette voix interrompt promptement sa fureur :

- Peu avant ta naissance, ton père a tué ton frère…

Comme suspendu, Armand relève la tête, se noie dans les yeux de sa mère. Un trou noir. Ne lui reste que son corps comme réponse. Des convulsions l'enchaînent dans une agitation qu'il n'arrive plus à maîtriser, il se tord dans des secousses spasmodiques, une douleur ventrale le plie en deux, ses bras tentent de retenir son estomac. Il se racle alors la gorge pour tenter de ramener ce déchaînement au plus infime.

- Avant ta naissance, ton père a eu un accident avec un des chevaux qu'il gardait à l'époque, ton frère est mort suite à ça !

Sa mère lui parle pour la première fois de ce frère qui mourut à sept ans sous l'imprudence de son père. Il était palefrenier à l'époque et un dimanche, il emmena son fils pour une promenade, elle-même était restée à la maison. Le soir, elle l'a vu revenir seul, dans un état lamentable, s'écrouler à même le sol dans un sanglot et ce n'est que bien plus tard qu'il put prononcer ces premiers mots, dans une condamnation « J'ai tué Armand ! ». En réalité, les chevaux ont eu peur, celui de son fils s'est emballé, et après un dernier coup de sabot, il le retrouva étendu sans vie, dans la boue à la lisière de la forêt.

- Ton père ne s'est jamais pardonné ça, évidemment ! Dans les premiers temps, ce drame nous a rapprochés, jusqu'à ta naissance qui fut pour nous un véritable don du ciel. J'ai alors vécu mes plus belles années. Et puis un jour, je suis à nouveau tombée enceinte, tu devais avoir 4-5 ans. Je ne sais pas si tu te souviens mais je fus souvent absente cette année-là. Je suis allée accoucher à Toulouse chez tes grands-parents, cette grossesse ne se passait pas très bien. Je ne savais pas si elle était viable, nous avions pris le parti avec ton père de ne rien te dire. J'avais besoin de repos et les cures en montagne me faisaient du bien, en plus d'un souffle au cœur, je souffrais d'asthme. Puis, je suis enfin rentrée à Paris avec Paul qui avait un mois. Tu étais très content d'accueillir ce petit frère, ce ne fut pas le cas de ton père. Je crois qu'il se surprit lui-même de sa réaction, il ne supportait pas cet enfant. Il se découvrit haineux, sa présence devenait dangereuse. Son aversion se traduisait dans les moindres gestes du quotidien. C'était affolant, incontrôlable pour ton père. Jusqu'au jour où il m'obligea à le placer à l'orphelinat. Je ne lui ai jamais pardonné.

Sa voix était restée très calme.

Abasourdi, la terre se fissura d'un coup pour Armand. Dans un vertige, il revisita son enfance à la vitesse d'un éclair qui le calcina de l'intérieur. Il ne put alors que s'écrouler en pleurs sur ce corps maternel, s'engouffrant dans son giron, la tête plongée dans son cou. Il n'était plus que sanglots au cœur de cette chaleur humaine, réduit à ses premières années. Il sentit alors une main lui caresser la joue, et le poids bienveillant de ce bras l'enserrer, lui apportant enfin un peu d'apaisement. Et c'est d'une voix sortie des brumes de l'enfance, qu'il entendit sa mère lui susurrer « Alma, ma chérie… », dans un souffle d'abandon. Ce fut un dévoilement. Pour elles-mêmes d'abord. Alma entendit alors l'effondrement de son for intérieur dans un dernier sanglot avant de s'endormir sur ce sein maternel.

# L'envol par une plume

*La solitude est l'unique façon*
*que j'ai trouvée d'échapper à cet isolement.*
*Seule je rejoins le monde puisque j'écris.*
*Et ainsi vient l'opulence.*
Lorette Nobécourt
*L'Usure des jours*

Ça lui arrivait de temps en temps de s'essayer à des petites chroniques au fil de l'actualité littéraire pour Vogue. Anna-Léna avait bien tenté quelques débuts d'histoire, les soirs de grandes solitudes pour mieux les oublier au soleil levant, s'abandonnant à l'affairisme du quotidien. Bien trop admirative des grands écrivains de son temps pour tenter elle-même l'aventure littéraire, pour se jeter elle-même dans le grand cirque de la prose.

Mais pour Alma, elle rentra de plain-pied dans le monde de l'illusion et de la fiction sans aucune gêne, sans aucune peur. Parce que ça s'adressait, le désir n'était plus emprisonné dans un perfectionnisme inhibant.

Elle repense à cette conversation avec Justine, alors en colère de ne pouvoir faire un métier d'homme et lui disant dans un fatalisme de fin de soirée qu'il faut bien se coltiner le réel avec toutes ses contraintes, ses limites pour continuer à vivre. Anna-Léna veut le libérer ce réel, elle veut le malaxer pour le rendre plus vrai, plus profond, plus grand, lui donner plus d'espace, le comprendre et peut-être l'influencer, qui sait.

Elle veut s'abîmer à raconter cette rencontre, cette empreinte, une manière de faire exister cette femme dans son présent, un plaisir immédiat, un message pour lui dire qu'elle l'attend. Et à la fois, elle espère secrètement épuiser ce lien, l'évanouir, l'écraser, le ramener dans les sombres bas-fonds d'elle-même, le désarmer de toute sa réalité, le dépecer de toute sa chair pour qu'il redevienne poussière.

Elle cherche le compromis qui lui apportera une plus grande sérénité, un peu de tranquillité. L'oubli véritable d'Alma. Si ce n'est, une manière de se mettre en vacance d'elle pour quelques temps.

Elle va se mettre à écrire, un rêve mis en quarantaine comme toutes ses grandes espérances depuis le décès d'Anna, sa sœur tant regrettée. Elle cherche par-là un exutoire, s'étant fait la promesse à l'époque de ne plus jamais souffrir de l'absence. Ecrire l'empêche de tourner en rond. C'est agissant.

Anna-Léna s'installe derrière son bureau, centre bien sa Remington devant elle, réajuste sa jupe, jette un coup d'œil dans le miroir, remet en ordre quelques mèches de cheveux, et instinctivement, tourne la tête vers la fenêtre tavelée de poussière : le ciel est en morceaux. Elle prend son temps avant de commencer, fixe des yeux les touches noires de la machine à écrire. Un peu intimidée, elle sait qu'elle ira jusqu'au bout cette fois-ci.

Elle se laisse bercer par le bruit sec et empressé des touches qu'épouse celui des gouttes de pluie sur le carreau dans une mélodie, dans une mélancolie. C'est une succession de mots qu'elle dépose sur cette première feuille, ça lui échappe, c'est comme une litanie. Puis brusquement, elle la déchire, en épargne simplement les deux premières phrases. Elle va alors ouvrir la fenêtre en grand, s'imprègne de cette humidité qui fait pleurer sa terrasse, laisse l'air frais envahir son bureau. Tout semble en équilibre, enfin. Elle s'y remet. Le temps est suspendu.

Elle relèvera la tête, une myriade d'étoiles dans le ciel, la pluie aura cessé. Elle relira ses premiers mots…

« *Les cloches se font bruyantes, agressives. Il est si tôt. Six heures. Ses gestes sont pressés, inquiets, rapides. Elle escalade les trois marches qui la séparent du soleil, et c'est dans un clignement des yeux qu'elle sort de cette caverne, qu'elle s'extirpe de cette nuit sans fin.* »

S'interrompra. Le téléphone fait entendre sa sonnerie…

*Marseille, le 12 septembre 2017*